만났다

황금알 시인선 256

만났다

초판발행일 | 2022년 11월 11일

지은이 | 허형만
펴낸곳 | 도서출판 황금알
펴낸이 | 金永馥
주간 | 김영탁
편집실장 | 조경숙
표지디자인 | 칼라박스
주소 | 03088 서울시 종로구 이화장2길 29-3, 104호(동숭동)
전화 | 02)2275-9171
팩스 | 02)2275-9172
이메일 | tibet21@hanmail.net
홈페이지 | http://goldegg21.com
출판등록 | 2003년 03월 26일(제300-2003-230호)

만났다

허형만 시집

황금알

스무 번째 신작 시집이다.

나의 모든 삶과 시간은 오로지

은총과 경이로움의 빛이다.

2022년 원당에서

허형만

차 례

1부 얼마 남지 않은 시간

2부 산까치

3부 숲에서 배운다

1부

얼마 남지 않은 시간

마침내 피워낸 꽃처럼

빛의 속도로 달려오고 있을 당신을
마냥 기다리고 있을 수만은 없어
나도 당신을 맞이하러
지구의 공전 속도로 달려가고 있습니다.
당신과 내가 어디서 만날지는 모릅니다.
워낙 빠른 속도로 달려오고 달려가는 중이라
우리가 서로를 발견할 수 있을까요
설령 발견한다 해도 한 번도 만난 적이 없는
당신이 나를 알아볼 수 있을까요
비바람을 이기고 마침내 피워낸 꽃처럼.

투신 投身

캘리포니아 1번 고속도로 '빅서' 근처에서
폭우로 흙더미가 굴러떨어지며
고속도로를 끌어안고 태평양 바다로 투신했다.

평소 망망대해를 바라보며
꿈에도 그리던 바다의 품을 향해
혼신을 다해 내달린 흙더미가
아름다운 해안도로 위로 질주할 때의
활시위 같은 팽팽한 긴장감
그리고 도로와 함께
온몸을 던져 바다로 향할 때
그 절벽의 높이만큼 치솟았을 짜릿한 전율

도로와 바다의 경계를 짓는
높은 절벽의 교만함도 허물어버린
치열한 흙의 정신이 내 시의 정신을 닮았다.

상실에 대하여

너는 떠났다.
강을 건넜을까 산을 넘었을까
언젠가는 다시 돌아올 것 같은
예감을 떨치지 못하지만
아무튼 너는 먼 길을 떠났고
나는 지금 잃어버린
너를 기다리다 머리가 허옇게 쇠었다.
추억은 상자에 담긴 보물이 아니다.
추억이란
물수제비 뜨다가 호수가 꼴깍 삼킨 돌멩이
잃어버리고 찾다가, 찾으려 애쓰다가
마침내 돌아선 곳에 삶이 있다.
너는 떠났다.
호수가 삼킨 돌멩이에 물이끼 돋듯
우리가 있었던 시간은
아무도 추억으로 간직하지 않으리라
그러니 상실에 대하여
상심하지 않기로 한다 나여.

누리장나무 열매

블루사파이어처럼 빛나는 저 눈망울을 보라.

뜨거운 태양과
보드라운 달의 피로
한 생명이 탄생하는 것은 참으로 커다란 축복이다.

그렇다. 무르익은 누리장나무 열매처럼
우리도 저마다
매혹적인 영혼의 눈을 간직하고 있다.

작은 몸짓

참새 두 마리가 통통통 장난치며 놀고 있다.

저 가녀린 발가락이 대지를 울린다.

흔들리는 나뭇가지 춤추는 이파리들

구름의 그림자도 잠시 놀아주다 먼저 간다.

참새 두 마리의 작은 몸짓에 우주가 술렁인다.

얼마 남지 않은 시간

얼마 남지 않은 시간
써야 할 것들이 많은데
보드라운 이 아침
서서히 부풀어 오르는 나무
손톱까지 선명한
나무의 저 고운 손가락을
어떻게 표현하면 좋을까.

이 은총의 아침

새로운 태양이 빛나는 이른 아침
오랜만에 만난 손자 키 훌쩍 컸듯
나무들은 한 뼘쯤 더 높아 보이고
맑고 푸른 하늘 우러르며
율그랑살그랑 가동질하는 이파리
하비비 하비비 노래하는 새들
이 은총의 아침
빠담빠담 나의 심장 박동 소리.

박쥐

베드로 사도는 십자가에 거꾸로 매달려 순교하셨지.

거꾸로 매달려 보았니?
거꾸로 매달려 바라보는 세상을 너는 아니?

인간들은 나를
온 세계 코로나19의 원적지로 지목했지만
천만에, 인간 대신에 내가 십자가에 거꾸로 매달린 셈
이야.

사실 지구상에서 인간만큼 어리석은 종족도 없지.
내가 초음파로 듣고 보는 능력을 인간은 가지지 못하지.

그래서 지금 신은 나보다 인간에게 경고등을 켜신 거야.

상했다는 것

상한 전복을 먹고 어지럽기 시작했다.
토했다. 세상이 빙빙 돌았다.
백치의 푸른빛이 용접불꽃처럼 튀어 오르고
또 토했다. 어지러움에 고통스러웠던 나는
미처 소화되지 않은
낯선 만남, 낯선 지식들
밑바닥까지 말끔히 네 번째 토하고서야
비로소 숨을 제대로 쉴 수 있었다.
녹초가 되었다.
온몸이 축 처질 만큼 상했다.
위장을 소란케 한 죄로
꼬박 이틀을 누워 정신을 못 차렸다.
나이 칠십 중반 생애가 상해도 단단히 상했다.
영혼이 상하고 평화가 상했다.
주님, 자비를 베푸소서!
기도마저 상했다. 상했다는 것은
세상만사가 귀찮아진다는 것
사랑에 굶주려간다는 것
그러다가 그냥 그렇게 간다는 것

깊이도 모른 채 그냥 그렇게.
나이 칠십 중반이면 이제 상할 나이지.
아니 이미 상한 나이지.

사냥

나의 화살촉은 무디었으나
내가 쏘아 잡은 것은 언어였다.
피 흘리는 언어였다.
나의 시야에서 반투명체로 어른거리던
그리하여 나의 투명한 정신을 혼란케 했던
바로 그 언어라는 동물은
잠깐 유리창에 스쳐 지나간 바람결 같은
우리네 목숨을 닮았다.
모든 일이 다 그렇지 않은가.
사냥은 외롭다는 거. 늘 불안하다는 거.
그리고 끝내는 피를 본다는 거.

함부로, 그러니 함부로

함부로 내뱉는 헛소리
함부로 삿대질하는 정쟁
함부로 긁어대는 가짜뉴스
그러니
함부로 쓸 수 없는 시
함부로 입을 열 수 없는 침묵
함부로 유예할 수 없는 시간

함부로 단죄하는 돌멩이
함부로 남용하는 권력
함부로 불끈 쥐는 주먹
그러니
함부로 의지할 수 없는 믿음
함부로 마주 볼 수 없는 얼굴
함부로 기도할 수 없는 십자가.

까치 소리

내가 사는 아파트에는
까치 소리가 유난히 깊다.
둘러싸인 숲이 깊어서일 것이다.
아침이면 그 깊은 소리에서
연한 물내음이 풍긴다.
한 번도 오지 않았던 새벽 같은,
한 번도 보지 못했던 빛살 같은,
그 연한 물내음이 핏줄을 타고 흐르는 소리
그 깊은 소리에 나의 영혼은
성수 적신 손으로 성호를 그으며 눈물을 흘린다.
나의 생의 신비로움은 또 그렇게 왔다.

두 마리의 개

신부님께서 강론 중에
사람은 누구나
선입견犬과 편견犬이란
두 마리의 개와 살고 있다고 하신다.
아하, 그렇구나
그동안 내 안에서
사나운 이 두 마리의 개가
증상도 느끼지 못하게 수시로
심장을 핥고 정신을 물어뜯었구나.
오늘은 기도 중에 개의 목줄을 풀어준다.
멀리 떠나가라고
다시는 돌아오지 말라고
제 탓이오, 제 탓이오, 저의 큰 탓이옵니다
가슴을 치며.

기적

기적은 살아 숨 쉬고 있다.

햇살이 머리를 쓰다듬고
바람이 얼굴을 어루만져줄 때
가슴이 뭉클해지는 것

내일이면 못 올지도 모르는 이 숲에서
마른 잎이 말없이 내 앞으로 내려앉을 때
그냥 왔으니 그냥 가는 모습을 보는 것

새들에게 열매를 다 내어주고 메말랐지만
보내야 할 때를 알아 손을 놓아주는
나뭇가지의 저 손 흔듦에 숙연해지는 것

기적은 늘 우리와 함께 있다.

해 질 녘

해 질 녘 숲속에 깔리는 햇살은
나무와 풀잎
다람쥐와 개미를 다정스럽게 쓰다듬으며
서서히 지상으로 스며든다.

이 시간이면 걸음을 멈추고
은은하고 맑은 햇살에 젖는 사람이 있다.

방문객

초인종이 울렸다.
현관문을 열고 나가 보니
새하얗게 눈부신 마스크를 쓴
함박꽃 한 분 서 계셨다.

하늘 빛깔보다 더 푸르른
종이 한 장을 조용히 내밀며
지상에서 가장 외롭고 서러운 시인을
만났다는 확인서를 써달라고 수줍게 말했다.

그 종이 상단엔 미리
평사낙안체平沙落雁體로 인적사항이 다 적혀 있었고
내가 써줄 자리만 햇살에 반짝이는 모래언덕처럼 환했다.
나는 그분을 응접실로 정중히 모셔놓고
서재에서 확인서를 쓴 뒤 낙관까지 찍어 응접실로 가니
그분은 계시지 않았다.
깜짝 놀라 창밖을 보니 목련나무 한 그루
나를 향해 함박웃음 터뜨리며 손을 흔들고 계셨다.

환장하게 푸르고 눈물겹게 하이얀 봄날!

한 생은 또 그렇게 견디고

아침밥을 먹고 나서 커피를 마시며, 이게 마지막일 걸, 생각한다. 허긴, 아침밥을 먹으며 이게 마지막 밥이지 아마, 생각했었다. 커피를 마시고 책상에 앉아 원고를 손질하며, 이게 마지막 작품일 걸, 하며 끙끙댄다. 물론 책상에 앉기 전 뭐라고 한 소식 띄운 것 같은 아내의 목소리도, 내 생애 마지막 듣는 소리일 걸, 나 죽으면 누가 들어주지, 생각했었다. 그렇게 한나절은 가고, 햇살은 여전히 유리창에 볼을 비비고, 흰 구름 몇 여전히 새롭고, 바람 같은 한 생은 또 그렇게 견디고.

얼룩에 대하여

고통 없이 하늘로 치솟는 나무가 없듯
얼룩 없이 맑아지는 영혼도 없으리.
새벽녘 치자 빛깔로 먼동이 틀 때 올리는
절실한 기도에 가슴 아리듯
얼룩 없이 한 생을 지탱하는 사람 드물지 않으리.
한 생애의 기쁨이나 슬픔은 모두 얼룩이거니.

유적

유적을 배경으로 찍은 사진은
유적이 된다.
백과사전과 안내서를 읽으며
찾아온 유적
유적은
기억을 요구한다.
어느 날
그 기억이 나를 떠밀어
다시
이 유적을 찾아온다면
유적은
다시 추억을 요구할 것이다.

대국對局

찌를 곳이 있어도
찌르면 되잡히는 고자촛이
어디 바둑판뿐이랴.
종심의 중반에 이르기까지
알게 모르게 고자촛 그만큼 당했으면
이젠 좀 안 당할 법도 하건만
아이고, 또 되잡히고 말았구나.
쓸 만한 집 다 지었다 싶었는데
이제 와서 그놈의 고자촛 때문에
바둑알 내던지고 두 손 들기는
너무 억울하지 않은가.
하여, 옛다 촛 먹어라
했다가도, 그래도 세상은 아직 살만하다고
흰 돌이 없으면 검은 돌이 있겠느냐고
바둑판 앞에서 허허허 웃고 마느니.

* 고자촛: 바둑에서 찌를 구멍은 있으나 찌르면 되잡히게 되므로 찌르지 못
  하는 말밭을 농으로 이르는 말.

한 사나이

저만치 한 사나이가 걸어갑니다.

함께 가자고 불러도 묵묵히 가고 있습니다.

초조해진 나는 사나이의 뒤를 부지런히 좇아갑니다.

내가 가까이 가면 그 사나이는 벌써 멀리 있습니다.

오직 침묵으로 걸어가고 있는 뒷모습이 그분을 닮았습니다.

그리 생각하고 다시 보니 사나이의 뒷모습이 눈부셨습니다.

눈부심에 잠시 감았던 눈을 떴더니 사나이는 이미 보이지 않았습니다.

그렇게 나의 한 생이 갔습니다.

양성우 시인

우리는 어제 오후
한 아파트 단지에 살면서도
코로나를 핑계로 자주 만날 수 없는 시간을 빌려
봄날 다사로운 바람결 속에서 향그러운 커피를 마셨지.

아직도 체 게바라처럼 혁명을 꿈꾸고 있을라나
먼 산 보는 척 그의 얼굴을 살짝 바라보니
어디서 꽃그늘 스며들었나
눈빛이 연둣빛 햇살처럼 서글서글했지.

한때 나는
그가 떠난 시골 학교 국어선생을 했지.
가을이면 안개 자욱한 마을
학다리의 아침은 늘 신선했지.

한때 나는
그의 시처럼 '겨울 공화국'에 살 때
그는 감옥에서 잠을 설치고
나는 뒷골목에서 깡술을 마셨지.

한때 내가
잠시 지리산 천은사에서 지내던 중
그가 먼저 이곳에 은거하며 시를 썼다는
스님의 말을 지금도 기억하지.

지금 내가
시의 날개가 바람칼이라고 하늘을 우러를 때
그는 압록강을 생각하며
서글픈 그 강물 잔물결 이루는 바람을 떠올리고 있지.

양성우, 그의 안에는 시가 가득하지.
그는 타고난 시의 노래꾼, 함평 천지 가락을 타고났지.
그는 한 많은 이 세상을 달관한
예수를 닮은 어린 양이지.

우리가 원하는 것

우리 모두의 집인 이 푸른 지구에서
형제, 자매들이 코로나로
고통받는 것은 우리가 원하는 게 아니다.

이웃이 이웃을 경계하고
서로의 만남을 두려워하며
살면서 다시는 안 볼 것처럼
등 돌려 미움의 칼을 가는 것
그것 또한 우리가 원하는 게 아니다.

그렇다. 이 시대
우리가 원하지 않는 것이 더 많은 세상에서
진정 우리가 원하는 것은
너와 나 서로 토닥여주는 위로와 평화다.
별 같은, 꽃 같은, 희망이다. 사랑이다.

대면

속도와는 무관하다. 한사코 빛의 속도를 계산할 필요 없다. 너와 나 서로 마주할 수 없는 비대면의 쓸쓸한 시간이 별처럼 드문드문 버티고, 지금 있는 자리에서 안녕하기만을 기도할 뿐. 그런데 오늘 아침, 산수유 열매로 식사 중인 직박구리와 대면했다. 나와 눈이 마주칠 때도 놀라거나 떠날 생각이 없어 보이는, 식사 도중 연인처럼 노래도 불러주는 직박구리여. 우리의 대면은 사람과 사람 사이의 비대면보다 얼마나 신비한가. 모든 대면의 순간은 얼마나 경이로운가.

입춘 지난 이른 아침

입춘 지난 이른 아침
밤새 백설로 덮인 마당이
마치 윤슬처럼 번득인다.
간밤에 바람이
먼저 한바탕 놀다 간 마당
겨울 햇살들이 몰려와
신나게 눈싸움하는 걸 바라보는
나의 눈이 시리다.
저 마당 눈의 빛과
여기 내 눈빛 사이에
행복의 전류가 흐르는지
온몸이 짜릿하다.

유채꽃밭에서는 모두가 황홀하다

햇살도 바람도 노랗게 물든
유채꽃밭 한 마지기가 제주에서 도착했다.
유채꽃밭을 시나브로 거니노라면
제주 앞바다 너울성 파도 소리도 노랗게 물들어 있고
그 위를 나는 갈매기 깃털도 노랗게 젖어 있다.
유채꽃밭에 놀러 온 구름
꽃과 꽃 사이 그늘도 노랗다.
유채꽃밭에서는 모두가 황홀하다.

이제야 알게 되었습니다

당신이 내 곁을 스쳐 지나갈 때 붙잡을 수 있었습니다.
당신이 저만치 앞서가고 있을 때 뒤따라갈 수 있었습니다.
당신이 아스라이 멀어져갈 때 열심히 달려갈 수 있었습니다.

당신이 스쳐 지나갈 때의 향기는
대지를 가득 채운 꽃이었습니다.
당신이 저만치 앞서가는 모습은
강물을 두근거리게 한 윤슬이었습니다.
당신이 아스라이 멀어져간 겨를이
산골짜기를 넘어가는 햇살이었습니다.

지금 당신의 모습은 보이지 않으나 늘 곁에 있습니다.
지금 당신의 목소리는 들리지 않으나 늘 듣고 있습니다.
이제야 당신이 나를 얼마나 사랑하는지 알게 되었습니다.

나무를 우러르며

나무의 저 높은 우듬지를 우러르며
뿌리의 깊이를 생각한다.
하늘을 향해 치솟는 저 결기는
결국 땅속을 얼마나 깊이
파고드는가와 직결되어 있을 터.
뻗치는 가지만큼 흙과 밀착하려는
잔뿌리의 열망을 닮은
당신을 향한 간절함의 깊이를
나는 과연 얼마나 파고들 수 있을까.

봄날의 젖내

우주가 부끄럼도 없이
마알간 살결 내놓고 젖을 먹이고 있다.
젖을 빨며, 꼼지락거리며, 옹알이는
저 수많은 꽃봉오리의 보드라운 입에서
물씬 풍기는 이 봄날의 젖내!

백신 맞은 날

75세 이상 어르신은 백신 접종 신청하래서
신청했지요.

호수공원 꽃박람회장으로 가 맞으라 해서
맞았지요.

백신 맞았으니 안정을 취하래서
꽃비 날리는 호수공원 벤치에서 쉬고 있는

광주서석초등학교 1학년 10반
허형만 어린이.

손

어쩌다가 밖에 나갔다 들어오면 손부터 씻는다.
아무것도 묻지 않은 손인데도 비누는 믿지 못한다.
나는 백수白手, 쥘 것도 펼 것도 없는 백수.

우리 두 손 마주 잡고 환히 웃던 날이 언제였지?
우리 서로 껴안고 등을 토닥토닥해준 날이 언제였지?
나는 적수赤手, 가진 것도 바칠 것도 없는 적수.

2부

산까치

시간의 무늬

참꼬막 껍질에 새겨진
파도의 무늬
그 사이사이 숨겨진
푸른 별 자국
개펄처럼 부드러운
물결 피부
서서히 스며든
투명한 시간

모든 역사는 시간의 무늬다.

시|詩

시는 홀로 서 있을 때가 아름답다.

바람따지에서 자라는 대나무처럼 제자리에 있는 시

파장으로 이루어진 빛처럼 은은히 밝히는 시

별처럼 참으로 격렬하게 살아 숨 쉬는 시

오솔길에서 그늘과 향내를 뿜어내는 시

시는 홀로 서 있을 때가 사랑스럽다.

산까치

보슬비 오시는 날
날마다 찾아가는 산길을 걷는데
저만치 산까치 대여섯 마리
보슬보슬 젖는 길에서
신나게 뛰놀고 있다.
나도 함께 뛰고 싶어 우산을 접고
비에 젖으며 가만가만 다가가는데
눈치 빠른 산까치들
후르르 나뭇가지 위로 날아오른다.
하이고, 못 본 척 그냥 되돌아갈걸
미안해하며 비에 젖어 걷는다.
젖어라 시여
심장 깊이 젖어라 시여
산까치도 젖으며 노래하나니
산딸기도 젖으며 붉게 익나니
보슬보슬 젖은 시는 부드럽나니
젖어라 시여
뼛속까지 젖어라 시여

한 번도 가보지 못한 길

오늘은 한 번도 가보지 못한 길을 걷는다.
처음 보는 나를 망초꽃이 고개를 갸웃한다.
철망 아래 어린 고양이가 빤히 쳐다본다.
한 번도 가보지 못한 길은 가슴을 두근거리게 한다.
마치 읽고 있는 책을 덮지 못하고 밤을 꼬박 새우듯.

오늘은 한 번도 가보지 못한 길을 걸으며
내 생애 마지막 한 줄의 시를 생각한다.

시집을 읽는다

오늘도 밤늦게까지 글을 쓰고
고상고상하다가 겨우 잠이 들었나 싶었는데
웬걸, 괭이잠 때문에
이른 새벽엔 아예 잠이 달아나버렸다.
이럴 때마다 하는 일은 머리맡의 책 읽는 일
어제는 브레히트 시집을 읽었거니
오늘은 타고르 시집을 다시 읽는다.
꿀잠보다 참 맛있다.

독자를 위한 기도

나의 시를 처음부터 끝까지 다 읽으신 분
(물론 뒤에서부터 거꾸로 다 읽으신 분도 포함하여)
띄엄띄엄이라도 어떻든 다 읽으신 분
(물론 읽다가 말다가 읽기는 읽으신 분 포함하여)
한두 편 읽다가 휙 던지신 분
(물론 한두 편도 겨우 읽으신 분 포함하여)
아직 읽지는 못했지만 그래도 시집을 구입하신 분들께
– 하느님, 축복하소서!

서점에서 나의 시집을 보고도
그냥 지나치신 분과
살까 말까 고민하시는 분과
한 번 쭉 훑어보고 그냥 가시는 분과
나의 시는 시가 아니라고 비웃는 분과
이 밖에 제가 미처 알아내지 못한 분들께도
– 하느님, 자비를 베푸소서!

새벽녘에

새벽녘에 시집을 읽는다.

어제 초저녁부터 시작한 비가
먼 길을 가시는지 아직도 하염없고

읽고 있는 시들이 뼛속까지 촉촉이 젖는다.

지금 써라

재주가 없어 시를 못 쓴다는 말은 어리석다.
재주보다 독한 눈물을 속으로 다독이며
달빛에 젖는 시인이 있다.

세상 더러워 시 쓰기 힘들다는 말은 어리석다.
더러운 꼴 씻고 또 씻으며
한밤을 꼬박 지새우는 시인이 있다.

시가 밥 먹여 주느냐는 말은 어리석다.
밥이란 자기를 내어주는 성스러운 양식
오늘도 한 끼 시의 밥을 정성껏 안치는 시인이 있다.

지상에서 우리의 시간은 길지 않다.
그러니 지금 써라.
써야 할 때 쓰지 않으면 쓰고 싶을 때 쓸 수 없다.

시여, 시여

언젠가 서로 마주쳤을
언젠가 서로 스쳐 지나갔을
너를 만나기 위해
오늘도 순례자의 길을 걷는다.
너를 만날 생각만으로도 가슴이 뛰지만
설령 너를 만나지 못한다 해도
아직은 절망하지 않을 것이다.
늘 그렇듯 너를 만나러 가는 길은
왜 이리 설레는지
너의 존재를 상상하는 것만으로도
나의 발걸음은 솜사탕처럼 부드럽다.
한사코 약속 시간이 정해진 것도 아니어서
다시는 이 길에서 돌아오지 못할지라도
해찰하며 흥얼거리며 휘파람 불며
오늘도 너를 만나러 가는 길이
얼마나 큰 즐거움인지 나는 잘 안다.

이유

지금 내가 시를 쓰고 있음은
아직 대표작이 없기 때문
써야 할 때 쓰지 않으면
정작 쓰고 싶을 때는 쓸 수 없기 때문
어제 쓴 시가 좋지 않다는 건 아니지만
어제보다 더 좋은 시가 어디에선가
나를 기다리고 있으리라는 희망 때문
창이 빛으로 존재하듯
내가 살아있는 동안 나의 영혼에도
시라는 빛이 필요하기 때문
무엇보다 중요한 건
나의 존재를 시가 원하기 때문
시가 원하는 일에
온몸으로 함께하기를 원하기 때문
그 일이 내가 지상에서 할 수 있는
최선의 사랑이기 때문.

당신에게 묻는다

완벽한 사람을 바라지 말라
어차피 애초부터 완벽한 사람은 없다.
시도 마찬가지여서
완벽한 시를 바라지 말라.
태초에 말씀이 있어
그 말씀이 시로 몸을 바꾸었을 뿐
애초부터 완벽한 시는 존재하지 않았다.
완벽한 시를 갈망하고 있는가
틈새 없는 사람은 인간미가 없듯
틈새 없는 시는 감동이 없다.
시를 쓴다는 일이
사람을 사랑하는 일만큼 힘들다는 사실
그래서 나는 당신에게 묻는다.
평생 잊지 못할 사람 한 사람쯤 있는지
생의 마지막에 들려줄 눈물겨운 시 한 편쯤 있는지.

나는 오늘도 시를 쓴다

나는 오늘도 시를 쓴다
쓰는 일이 아무리 힘들어도 행복하니까.

나는 오늘도 시를 쓴다
쓰는 일은 나의 한계와 마주하며
한계의 이마에 성호를 긋는 일.

나는 오늘도 시를 쓴다
저 골짜기 너머 희미하게 보이는 한계
그 한계 앞에 수직으로 서 있는
시의 절벽에 다다른 순간
짜릿한 전율을 온몸으로 받아들이기 위해서.

나는 오늘도 시를 쓴다
지금 쓰지 않으면 쓸 수 없을 때
한이 맺힐까 봐 지금 내 앞에서
파동을 일으키며 멀어져 가는 흑갈색 날개에서 날리는
햇살가루가 은빛 비늘처럼 반짝인다.
눈이 부시다.

시의 벼랑

시에도 벼랑이 있어
한 발이라도 헛디디거나
사유의 깊이에 잘못 들면
수만 리 심연으로 떨어지고 만다.
그래서 나의 시는 늘 아슬아슬하다.

땅과 가까이 피어있는 꽃이나
가장 먼 우듬지쯤 피어있는 꽃이나
땅을 향해 투신할 때의 심정은 똑같이
불안과 초조와 긴장감으로 전율하리라.

나의 시도 꽃과 다르지 않아
봉오리로 맺힐 때부터
시 속에 흐르는 피의 성분은 이미
불꽃처럼 들끓다가도
정작 식으면 재로 남음을 아느니

벼랑 위에서 하늘을 우러러 기도하는
시의 간절함을 나는 안다.

발밑에 수만 리 벼랑이 있음도 잘 안다.
그래서 나의 시는 지금 이 순간에도
낙화의 심정처럼 불안하고 초조하고 긴장한다.

전사戰士

시를 찾아가는 시간의
침묵은 예민하다.
공기의 흐름과 기억의 상처 사이가
크레바스처럼 깊다.
그 깊이에서 울려오는 언어의
절박한 숨소리
시는 쉽게 모습을 드러내지 않고
바람이 지나가도 체취를 묻히지 않는다.
비 너머의 무지개처럼 아득하다.
그래서 시가 올 때까지 마냥 앉아서 기다리라고?
아니다 절정은 상상력의 예리한 창끝에
피를 묻힐 때 이루어진다.
그러니 시여
너를 찾아 내가 간다.
밤새 벼리고 벼린 창으로
침묵의 빙벽을 뚫고 내가 간다.

내 시의 텃밭

작년에는 아내가 텃밭 농사 부지런히 지어
이웃들 나누어 주노라 바쁘더니만
어깨가 아프다며 막상 농사를 손에서 놓아버린 올핸
성당의 형제들이, 아내의 목사 친구가, 동료 시인이
유기농 텃밭 농사지었다고 상추며 감자며 호박을 보내
온다.
이 얼마나 고맙고 큰 기쁨인가.
나도 시의 텃밭에서 시 농사짓고 있나니
밤새워 거름 주고 물 주고 풀 뽑으며 열심히 지어
내가 빚진 분들과 이웃과 저 멀리 떨어져 있는 형제자
매에게
원 없이 푸짐하게 나누어주기로 한다.
이파리에 벌레 먹은 자국과 개미도 연푸른 애벌레도
흙냄새도 딸려가는 그야말로 순수 유기농 재배로.

탄생

꽃봉오리는 최대한 햇볕에 기댄다.

태어나는 순간의 저 떨림

마침내 피어난 꽃이 아름다운 이유다.

한 편의 시도 그렇다.

나의 시

나의 시는 한쪽에 오도카니 앉아 있는 쓸쓸한 고샅길 같다.

나의 시는 동굴에서 온몸을 감싸 안은 사막의 수도자 같다.

그래도 나는 "너는 사랑스러워!"하며 나의 시에게 축 복을 빈다.

그러면 나의 시는 신랑이 오기를 기다리는 신부처럼 밤새워 등불을 켜 든다.

나의 언어

　겨울이 다 가도록 가지 끝에서 아직 뛰어내리지 못한 마른 이파리들이 있다. 여위고 메말라 뛰어내릴 힘도 생각도 없어 보이는 이파리들을 위해 햇살이 포근히 감싸주고 있다. 햇살에 반짝 빛나는 이파리, 모든 나무가 부싯돌처럼 불꽃을 품고 있듯 불씨를 되살리려 살랑거리는 이파리, 이파리에게 가지 끝과 지상 사이는 아스라한 몇 광년 높이의 절벽이리라. 오, 아직도 뛰어내리지 못한 나의 언어여.

순간의 침묵

구름이 저리 어두울 수 있을까. 하늘이 심상치 않다.

금방이라도 비꽃 터질 것 같은 긴장이 가득한 허공을 새들이 나무 위에서 날카로운 부리로 쪼아댄다.

어디서 몰려오는지 눅눅한 회한의 냄새, 겨우 남은 불씨 하나 꼬옥 품은 쓸쓸한 어깨가 저기 안산을 넘어오고 있다.

한 편의 시가 태어날 순간의 침묵은 얼마나 두려운가.

저 구름 두께가 품고 있는 사유의 깊이를 나는 도저히 가늠할 수가 없다.

눈 맞춤

시에도 눈이 있어
자기를 알아보는 눈이 있어
눈 맞춤은 입맞춤보다 더 뜨거운 것이라
서로 마음이 동하여 신열이라도 나면
그때에야 비로소
시가 시임이 눈물겨워 온몸을 내맡기는 것이라
시에도 밝은 눈이 있어
자기를 알아보는 밝은 눈이 있어.

3부

숲에서 배운다

행복

숲속에서 야생 초록빛 오디가
자줏빛으로 익어가는 모습을 보는 것은 행복하다.
그냥 그 모습만 보는 것으로는 충분하지 않다.
자줏빛 속에서 햇볕과 빗소리도
함께 익어가는 것을 보아야 행복하다.
그리고 머지않아 먹빛으로 완성을 이룰 때
혀에서 꿈결처럼 무르녹는
달콤한 맛을 느낄 수 있어야 한다.
유년 시절 맛보았던 그 맛 그대로
지금 늙어서도 온몸으로 느낄 수 있다면
늙는 것도 익는 것이라 그것이 바로 행복이다.

숲에서 배운다

나는 내가 얼마나 작은지를
숲에서 배운다.

나보다 작은 키의 풀이 꽃을 피우고
나보다 몸집이 작은 나무에 새들이 쉬었다 간다.

그러니 숲에서는
나보다 더 작은 것은 하나도 없다.

이건 절대 겸손이 아니다.
이건 절대 오만도 아니다.

보라, 저 썩어 문드러진 등걸도
백련처럼 해맑은 버섯을 들어 보이고 있다.

비밀

지금 이 숲속에는 분명 비밀이 숨어 있다.
비밀스러운 냄새와 풍경은
내 영혼이 숲의 행렬에서 벗어나지 못하도록
속도와 체온의 파장을 감지하기라도 하는 것일까.
멀리서 망원경으로 나를 주시하며
나의 심장 박동 소리에 귀를 기울이고 있으리.
바람 불고 휘추리 몇 차례 흔들리더니
안개처럼 조용히 번지는 적막
아직 밝혀지지 않은 숲의 비밀이 적막 속에 있다.

상대성이론

흘러가는 물에는 꽃가루가 녹아 있어요.
그러니 흘러가는 물소리는 꽃가루가
꽃 사세요, 꽃 사세요, 노래
하는 소리지요. 들리나요? 내 사랑 노래
귀 막고 사는 당신, 한때 물이
얼음으로 굳어있을 때 당신과 나는
대칭을 이루며 겨울을 견딘 적이 있었지요.
그때 얼음 속에는 이미
육각형의 아름다운 꽃이 피어나고 있었어요.
내 사랑 눈 감고 사는 당신,
아세요? 우주에서 137억 년보다 더
긴 시간은 없대요. 그냥 영원무궁이래요.
열의 전도처럼 사랑은 상대성
이라는 거, 아세요? 그럼 안녕!

첫눈

첫눈이 오면 땡스카페826에 가야지.
가까이 사는 시인 불러
넓은 마당가 옴팡진 자리에 모닥불 피워놓고
커피를 마셔야지.
드디어 첫눈이 오시네.
오늘은 가우다떼 주일 첫눈이 오시네.
오늘처럼 눈이 지천으로 휘날리는 밤이면
눈을 맞으며 하염없이 돌아다니다가
포장마차에서 소주 몇 잔을 마시고 들어와
애벌레처럼 엎드려 밤새 시를 쓰던 시인을 알지
(밖에 나가지 마세요.
만나는 무증상, 스쳐 가는 무증상,
숨어 있는 무증상이 더 무서워요.
전화로 신신당부하는 아들)
첫눈이 오시네. 첫눈이 오셨는데도
코로나가 두 눈 부릅뜨고 감시하고 있어
가까이 사는 시인 부르지 못했네.
오, 어머니, 첫눈이 오셔요.
어머니의 백발, 창밖으로

어머니의 백발처럼 순백으로 살랑거리는
등불, 등불, 저 눈물겨운
희망의 등불.

한겻의 숲

아침나절, 이 숲
의 나뭇잎들이 온통 별빛이에요.
사람들은 한겻이라 햇발에 반짝인다 생각
할 것이나 아니에요, 그것은 편견 때문이에요.
하늘이 가까울수록 더 빛나는 저 이파리
를 보세요. 거문고자리의 직녀성과 독수리자리의 견우성
이에요. 주변의 별들이 은하수처럼 출렁이는 숲
은 지금 조용한 축제를 벌이고 있어요.
여기서는 밤과 낮의 구별이 없어요.
사람들만이 한사코 낮과 밤, 너와 나, 좌우
로 나눠요. 그것은 편 가르기를 좋아하는 욕망
때문이에요. 보세요. 불꽃처럼 터져 오르는 공기
를. 저 별들의 숨소리와 함께 은은하게 번지는 파동
을. 나는 지금 우주의 중심에 둥둥 떠 있어요.

숲에서 꾸는 꿈

붉고 곱게 잘 익은 백당나무 열매처럼
숲의 언어를 알아듣기 위해
귀를 세우고 집중하며 시나브로 걷습니다.
햇살 속 빛나는 잎새처럼
저의 영혼이 맑고 신선해지기를 바라며
숲의 고요 속에 저를 놓아버립니다.
서쪽 산등성이에서 솟아오르는
물 냄새를 품은 검은 구름이 수상하지만
아직은 새들도 조용하고
나무들도 그리 신경 쓰지 않는 것 같습니다.
세상에서도 그렇지만 숲에서도
가녀린 풀잎, 나무초리, 삭은 진대나무
어느 하나도 업신여길 수 없는 저는
방방 떠돌아다니는 공기 방울처럼 숲에서
숲의 언어로 숲의 정령과 장난치며 뛰어노는
철부지가 되고 싶은 꿈에 젖습니다.

오후 네 시쯤

오후 네 시쯤
티베리아 호숫가에서
그분을 만난 사도 요한처럼
나는 뒷산 숲길에서
맑고 신성한 바람을 만났으니
이 얼마나 감사하고 눈물겨운 일인가.

숲길에서

명지바람 스치고
땅이 하양 꽃잎들을
온몸으로 융숭히 받고 있어요.

나무초리를 타고
미끄러져 내려오는 햇살에
반짝 빛나는 꽃잎들.

옹숭깊은 땅과 꽃잎들이 한 몸인
지금 이 순간
멧비둘기 노래도 멈췄어요.

숲의 성채

숲의 성채를 순례한다
간간이 운동 나온 사람들은
숲의 향기를 맡기 위해 마스크를 벗었다
서로 적당히 거리두기를 한
나무들 사이로 햇빛은 흘러내려
푸르던 산딸기가 점점 붉어가는 게 보이고
풀꽃들 편히 쉬고 있음도 보인다
나는 나무 위에서 서로 사랑을 나누는
직박구리를 바라본다
나와 직박구리와 산딸기와 풀꽃은
자비로운 이 성채의 시민이다.

숲에서 바라보기

침묵의 깊이에 빠져든 듯싶지만
사실은 숲이 하는 말을 알아듣지 못할 뿐
나무와 나무의 수화를 보지 못했을 뿐
나무는 자신의 그림자를 뿌리로 내려보내
땅속에 무슨 보물 숨기듯 숨겨 놓는다.
시간이 빛으로 흐르고 나면 그때 그 그림자는
또 한 그루의 나무로 솟아오른다.
오래된 진대나무가 스스로 밥이 되어
푸릇푸릇한 이끼를 키워내듯
자신을 낮추어 밥이 될 줄 모르는 인간에게
나무는 죽어서도 숨 쉼을 증명하는 숲을 보라.
지구가 설령 자신의 뿌리에 걸려 넘어진다 해도
눈 하나 깜짝하지 않을
나무가 바라는 숲은 한마디로 평화다.
바람과 햇살이 녹아든 푸른 공기가
한 올이라도 헝클어지지 않기를 바라는 평화다.

따뜻한 숲

장마가 끝난 뒤 숲속은 따뜻하다.
우듬지들 위로 구름과 구름 사이로부터
낙하산 펴지듯
빛의 그물망이 내려오고 있다.
숲속의 벌레와 새와 짐승들
길을 가다 잠시 멈춰 따뜻해진 마음으로
평화로이 안식을 취하리라
빛이 그들을 감싸 안는 동안.

지금, 이 순간의 숲

지금, 이 순간 거니는 숲은
어제 보았던 똑같은 숲이 아니다.
땅의 흙냄새와 하늘의 공기를
번갈아 가며 폐 깊숙이 들이마시는
지금, 이 순간의 숲을
어쩌면 내일이면 만날 수 없을지도 모른다.
나뭇잎 하나 지상에 내려앉는 것
새소리가 우듬지에서 반짝이는 것
지금, 이 순간이 아니면 볼 수 없는 신비다.
참 아늑하고 평화롭다.

오늘도 비 오시는 날

오늘도 비 오시는 날
숲길에는
어린 밤송이와 상수리 달린 이파리 잔가지들이
수북이 내려앉았습니다.
욕심을 버리고 가볍게 살라고
빗방울처럼 아래로 아래로 내려가라고
비 오시는 날 숲길은 말해줍니다.

오늘도 비 오시는 날
숲길에는
누리장나무 하양 꽃이 피어났습니다.
썩은 등걸에서도 젖은 땅에서도
버섯들이 보란 듯 솟아올랐습니다.
아무리 힘든 삶일지라도 희망을 품으라고
비 오시는 날 숲길은 가르쳐줍니다.

한 겨를

오늘도 내가 숲길을 오르고 있다고
멧비둘기가 산까치에게 신호를 보내니
산까치는 직박구리에게 신호를 보낸다.
그때마다 나뭇잎 한 둘씩 내 어깨에 내려앉는다.

내가 산길을 오르는 시간과
새들이 서로 신호를 보내는 시간과
나뭇잎 내려앉는 시간이 모두
우주 안에서 한 겨를이었다.

나는 신문을 보지 않네

나는 신문을 보지 않네.
신문 대신
성스러운 숲에서
바람결에 몸 비비는 팔랑나비를 보네.
나무의 뿌리 속으로 흘러가는 구름을 보네.

나무의 기억

숲속의 나무들은 하늘에 신호를 보낸다.
나무에 가만히 귀를 대보면
모르스 부호처럼 울리는 신호

나무를 타고 흐르는 기억

나무로부터 탈출하려는 기억

그 누구도 알아들을 수 없는
아니, 하늘을 해독하는
숲속 나무들의 신호

나무의 기억은 부풀어 있다.

나무의 기억은 빛의 그물에 걸려 있다.

나는 숲에 들어 고요한데

깔따구는 날벌레다.
농어 새끼 이름도 깔따구다.

엘레지는 슬픈 노래다.
개자지의 순우리말도 엘레지다.

깔따구도 아니고
엘레지도 아닌

나는 숲에 들어 고요한데
남들은 장터에서 나를 보았다 한다.

숲길은 안다

더듬더듬 만지며 들여다보는 시간들이
나뭇잎처럼 매달린 숲길
신갈나무 아래 도토리도 다람쥐도 보이지 않는
숲길 더듬으며 걸어가는 발아래서
살아온 날 죄가 많다
죄가 많다 바스락거리는 소리
후르르 멧새 날아오르는 소리
송송송 그물처럼 햇살 내려앉는 소리와
곧 밀려올 일몰의 공기에 집중하며
나의 묵주기도에 귀를 기울이는 숲길은
내가 얼마나 가엾은지 안다.
내가 얼마나 자비를 바라는지 안다.

숲에 가는 이유

내가 오늘도 숲에 가는 이유는
아직 나뭇가지에 매달려 있는 이파리가
왜 손을 놓지 못하는지
바람은 또 얼마나 더 차가워졌는지
대지와 창공의 기운은
얼마나 더 충만해졌는지 궁금해서다.

내가 오늘도 숲에 가는 이유는
마음을 비우려고
이 숲을 찾는 사람을 만나기 위해서다.
서서히 아주 서서히
묵주와 염주를 손에 쥐고 기도하며 걷는
선한 사람을 만나기 위해서다.

숲에서

오늘도
그 길 그 나무는 그대로인데
나만 올라갔다 내려오네.
산벚나무 소나무 상수리나무 밤나무
어우러져 숲을 지키는데
나만 새처럼 나비처럼
잠깐씩 머물렀다 떠나네.

나도
더불어 숲이 되어
오고 가는 해와 달 별과 꽃
구름과 바람에게 입맞춤을 해주고
눈시울을 촉촉이 적시는 이슬과 안개에게
내 가슴 뛰는 심장 소리 들려주고 싶네.

침묵의 숲

숲에는
수많은 소리들이 침묵 속에 기거하고 있다.
이 침묵의 소리를 듣기 위해
오늘도 숲에 들어 귀를 기울이는 이가 있다.
숲이 침묵 속에서 들려주는 소리에
바짝 마른 언어들이 지상으로 내려앉는다.
홀가분한 나무와 나무 사이를
바람결 따라 출렁이는 시의 파동
고요가 소리를 감싸고 있는 숲에서
시의 고향도 침묵인 걸 깨닫는다.

숲을 사랑하는 이유

안식년 때 잠시 노모와 누이가 있는
지리산 속에서 지내며 산시山詩를 쓴 적은 있지만
나는 숲해설가도 아니고
초목의 종류나 쓰임이나 생태도 모르지만
내가 이렇게 숲을 좋아할 줄 몰랐다.

억새는 이제 막 촘촘한 달빛처럼 피어올라
자기가 억새임을 보여주고
겹겹이 갈라진 몸으로
오랜 시간을 견뎌낸 소나무의
굵은 가지가 꺾인 채 누렇게 변한 잔가지를
두 손으로 받쳐 들고 있는 숲을
내가 이제야 사랑할 줄 몰랐다.

아무리 고통이 고통을 낳고
망각이 망각을 이어간다 해도
세상에는 아름다운 것들이 많다.
아니, 모든 존재는 다 아름답다.
이것이 내가 당신을 사랑하듯
숲을 사랑하는 이유다.

위대한 숲

가을 지나 겨울이면 빈 가지들 사이
여백餘白과 비백飛白을 바탕으로
푯대 끝에 푸른 깃발을 달고 흔드는 우듬지를
우러러 바라볼 줄 알게 하시니 훌륭하시다.

봄 거쳐 여름이면 울울창창
연두와 초록과 갈맷빛을 바탕으로
이파리와 가지마다 한없는 생명을 낳게 하시니
이 또한 대단하시다.

숲이여, 당신
참으로 위대하시다.
지상과 하늘을 하나로
번지고 스미고, 스미고 번지게 하시니.

만났다

숲길을 거닐 때마다
나를 위해 기도하는 참나무
나를 위해 기도하는 멧새
나를 위해 기도하는 풀잎
나를 위해 기도하는 그를 만났다.

오늘은 평생을 나와 함께 걸었던
그의 연약한 뒷모습이 안쓰러워
나는 그를 살포시 껴안아 주고는
십자가 앞에 꿇어앉은 그를 일으켜 세워
나의 식탁으로 모시고
보림사 큰스님이 손수 덖어 보낸
우전차를 그에게 대접했다.
그는 천천히 차를 마시며
낯설지 않은 듯 나에게 미소를 보냈다.

너무도 멀고 너무도 가까웠던
나와 그는
참으로 오랜 시간의 숲길에서
서로를 향해 걷고 있음을 알았다.

마법의 언어와 허형만 나무의 기억술

권 성 훈(문학평론가 · 경기대 교수)

> 한 편의 시가 태어날 순간의 침묵은 얼마나 두려운가.
> ─「순간의 침묵」 중에서

1.

고유한 가치로서 말하는 침묵은 질문을 벗어나 해답의 경계에서 자유롭게 펼쳐진다. 그것은 자아를 대변하고 다음의 발화를 예비하면서 의식적 기능을 침묵 속에서 수행한다. 고정되어 있지도 정해져 있지 않은 무방향성으로 이어지는 침묵의 끝은 아무것도 아니면서 무엇이든 될 수 있는, 어쩌면 두려운 순간이 아닐 수 없다. 마치 "흔들리는 나뭇가지 춤추는 이파리"(「작은 몸짓」)같이 어디로 비행할 줄 모르는 무목적성의 언어가 바로 '침묵의 언어'다. "한 번도 가보지 못한 길은 가슴을 두근거리게"(『한 번도 가보지 못한 길』) 하듯이 시인에게 침묵의 언어는 매번 "한 번도 가보지 못한 길을 걸으며" 그것이 운명인 것처럼 "내 생애 마지막 한 줄의 시를 생각"하게 하는 것. 여기서 "한 번도 가보지 못한 길은" 무방향성과 무목적성으로 도래한다. 이러한 의식적 기능은 심미적 언어로서 실용적인 수단의 언어가 아니라 심화된 미적인 언어로서의 시적 개연성으로부터 파생된다.

게다가 창조적 작용으로서 새로운 가치를 산출하는 '한 편의 시'는 침묵의 끝에서 언어의 구실을 담당한다. 이른바 일상적인 의미만 가지고 감각적인 사유를 구현해 낼 수 없으므로 '침묵의 행간'과 '휴지 행간' 사이에서 탄생하는 것. 이때 언어는 "온몸을 던져" 시 의식을 견인하는 것, 여기서 "높은 절벽의 교만함도 허물어버린"(『투신』) 치열한 정신으로서 현현되는 데 있다. 고요를 통과해서 나온 침묵이 말하고자 하는 것은 언어의 기능을 보완하면서 이미 존재하는 사유를 넘어선다.

한 편의 시가 되기 위한 과정으로 '행간의 침묵'은 전체가 아닌 부분으로서 전체를 통과하는 개별적인 의미로 통하지만 유기적인 사유의 권역과 마주한다. "저 구름 두께가 품고 있는 사유의 깊이를"(『순간의 침묵』) 시인조차 모르기 때문에 언어 이전의 침묵은 단순히 흘러가는 언어의 부재가 아니다. 이는 언어의 언어로서 혹은 침묵의 언어로서 또 다른 차원의 언어로 작동한다. 이때 시는 부여받은 생명을 기반으로 부여하는 살아있는 언어를 나타내는 표현방식인 셈이다. 이 '살아있는 언어'를 위하여 시인은 마지막 화음의 주술같이 「시여, 시여」라고 응대하면서 "너를 만나기 위해/ 오늘도 순례자의 길을" 걸어오는 자다. 시인의 순례는 "다시는 이 길에서 돌아오지 못할지라도" 절망하지 않으며 "해찰하며 흥얼거리며 휘파람 불며" 그 설렘을 감추지 못한다. 그것은 무엇보다 생명이 깃든 신의 음성처럼 "오늘도 너를 만나러 가는 길이/ 얼마나 큰 즐거움인지 나는 잘 안다."는데 있다. 이에 시인에게 언어는 침묵에 대한 응답으로서의 신성한 진료가 된다.

그동안 허형만 시인의 시는 '생명에의 침묵'을 언어에 집중함으로 생성되는 신성한 사유 체계를 보여주었다. 이번 시집 『만났다』 역시 순도 높은 언어가 무르익은 결정체로 "한 생명이 탄생하는 것은 참으로 커다란 축복"(「누리장나무 열매」)이 아닐 수 없다. 그것도 "저마다 매혹적인 영혼의 눈을 간직하고 있"다는 것을 시인만이 추구해온 언어를 통해 기존의 언어를 파기시켰다. 이러한 시작은 "서서히 부풀어 오르는 나무"(「얼마 남지 않은 시간」)로부터 "손톱까지 선명한/ 나무의 저 고운 손가락을/ 어떻게 표현하면 좋을까."라는 근원적 탐구에서 구성되는 것이다. 우리는 여기서 언어의 덫과 미로에 갇힌 사물의 언어를 그의 시를 통해 발견하게 한다. 이로써 허형만이 가지는 사물에 대한 시 의식은 기표의 표면에서는 미완이며 심층에서만이 해소될 수 있는 기의를 상기시

켜 준다.

　이같이 그의 시는 가르치는 것이 아니라 간절한 음성으로 보여주는 '심층적 방식'을 통해 말로 할 수 없는 것을 말하여 왔다. 이는 우회적인 방법으로 말로 할 수 있는 것을, 말하게 하는 데 '순간의 침묵'이 환원된 것. 이 침묵은 보여주는 간접적인 전달 방안으로 언어의 한계와 이성의 한계를 필연적으로 넘어서기 위함이다. 허형만이 1973년 등단 후 50년 동안 "오직 침묵으로 걸어가고 있는 뒷모습"(「한 사나이」)을 따라서 추구해온 시학은 그의 「시詩」에서 "시는 홀로 서 있을 때가 아름답다"라는 고독의 미학과 함께 구체적으로 4가지로 구현된다. 그것은 첫째 "바람따지에서 자라는 대나무처럼 제자리에 있는 시", 둘째 "파장으로 이루어진 빛처럼 은은히 밝히는 시", 셋째 "별처럼 참으로 격렬하게 살아 숨 쉬는 시", 넷째 "오솔길에서 그늘과 향내를 뿜어내는 시"이다. 여기서 '대나무' '빛' '별' '오솔길' 등 모두 홀로 존재하는 것이며 나름의 '파장'과 '향내'를 가지며 제자리에서 세계를 밝히는 역할을 한다.

　2.

　한편 허형만 시인은 기존에 있던 것을 지금 생겨난 것같이 새롭게 현현하는 사유의 전달 방식을 효과적으로 보여준다. 그것은 홀로 존재하는 사물들의 시적 향기를 축출하여 언어적 파장을 주기 위함이다. 이는 궁극적으로 존재의 고유한 향기를 언어로 덧붙이는 데 있으며 우리가 아는 기왕의 인식을 넘어서 존재 본연을 겨냥한다. 이로써 사물을 통해 세계에 대한 해답을 제시하는 것이 아니라 일상성의 세계를 보편적인 언어로, 추상적인 세계를 명료한 언어로서의 가치를 가지게 한다.

무엇보다 그에게 집중되어 있는 세계관은 다름을 인식하는 것도, 차이를 인정하는 것도 아니다. 이것은 이원론적인 것이 아니라 일원론적인 것에 기인하는데 처음과 끝이 구별되지 않는 동양적인 사유 체제에서 비롯된다. "동양사상은 다른 것, 곧 실재하면서 동시에 실재하지 않는 것에 대한 혐오를 저지르지 않았다. 서양은 이것 아니면 저것인 세계이지만, 동양은 이것과 저것 심지어는 이것이 저것인 세계이다."[1] 이를테면 처음과 마지막의 구분이 없고 그것이 연장선에서 있을 때 마지막이 처음이고 처음이 마지막이 된다. 처음에서 마지막이 나온다는 해석은 그의 시에서 마지막에서 처음이 연원하는 것처럼 편철되어 있거나, 처음과 마지막은 처음부터 우열이 없는 하나의 의미일 뿐이다.

아래 시편 「만났다」와 「마침내 피워낸 꽃처럼」은 이 시집의 '마지막 시'와 '첫 시'다. 이처럼 내용으로 보아 '만

---

1) 옥타비오 빠스, 김현창 역, 『옥타비오 빠스−시와 산문』, 민음사, 1990, 225쪽.

남'이 있고, '결실'이 있어야 하는 데 반대로 결실을 먼저 만났다를 나중에 배치하는 것이다. 이 두 편의 시의 배열처럼 그의 시는 처음이 끝이고, 끝이 처음으로서 이것과 저것이 존재하지 않으며 이것과 저것이 구별되지 않는다. 말하자면 실재하는 모든 것이 처음이자 끝이기 때문에 그의 시작에서 만나는 존재적 사유는 「나무를 우러르며」에서 명확해진다. 처음과 끝은 그 자체가 중요한 것이 아닌 깊이와 연결되어 심연의 중요성을 일깨우는데 "나무의 저 높은 우듬지를 우러르며/ 뿌리의 깊이를 생각한다./ 하늘을 향해 치솟는 저 결기는/ 결국 땅속을 얼마나 깊이/파고드는가와 직결되어 있을 터"와 같다. 마찬가지로 그의 시편에서 마주하는 사물들은 길고 짧고, 크고 작고, 많고 적고 등 '단층적 표피'에 초점을 맞추는 것이 아니라 '입체적 심연'에 가 닿고 있다.

숲길을 거닐 때마다
나를 위해 기도하는 참나무
나를 위해 기도하는 멧새
나를 위해 기도하는 풀잎
나를 위해 기도하는 그를 만났다.

오늘은 평생을 나와 함께 걸었던
그의 연약한 뒷모습이 안쓰러워
나는 그를 살포시 껴안아 주고는

십자가 앞에 꿇어앉은 그를 일으켜 세워
나의 식탁으로 모시고
보림사 큰스님이 손수 덖어 보낸
우전차를 그에게 대접했다.
그는 천천히 차를 마시며
낯설지 않은 듯 나에게 미소를 보냈다.

너무도 멀고 너무도 가까웠던
나와 그는
참으로 오랜 시간의 숲길에서
서로를 향해 걷고 있음을 알았다.

― 「만났다」 전문

   그의 많은 시편들이 사람에 대한 관심과 이해로 시작
되고 있지만 우선적으로 집중하는 것은 자신에 대한 성
찰이다. 여기서 자신은 자기Self와 자아ego를 대상으로 하
는데 지금까지의 자신의 삶을 '나와 그'를 통해 만나게
한다. "너무도 멀고 너무도 가까웠던" 나로부터 세계가
열리는 것이 아니라 "평생을 나와 함께 걸었던" 세계로
부터 내가 열려 있다는 것, 그러므로 모든 존재하는 것
들에 대해 "숲길을 거닐 때마다/ 나를 위해 기도하는 참
나무/ 나를 위해 기도하는 멧새/ 나를 위해 기도하는 풀
잎/ 나를 위해 기도하는 그를 만났다"는 것이다. 이는 세
계에 모든 존재들이 자신을 위해 기도하게 함으로써 자
연스럽게 감사함을 깨닫게 하는, 상황적 역설을 보인다.

또한 '십자가 앞에 꿇어앉은 그를 일으켜 세워 보림사 큰 스님이 손수 덖어 보낸 우전차를 대접'하는 등 다원적이고 초월적인 종교관을 함의하고 있다.

허형만 삶의 태도를 관통하는 이 시는 이번 시집의 마지막에서 앞에 놓인 시편들의 전체 하중을 견디면서 시인의 세계관을 페이소스하고 있다. 그에게 시는 한결같이 마지막이면서 처음이라는 사실을 "아침밥을 먹고 나서 커피를 마시며, 이게 마지막일 걸, 생각한다. 허긴, 아침밥을 먹으며 이게 마지막 밥이지 아마, 생각했었다. 커피를 마시고 책상에 앉아 원고를 손질하며, 이게 마지막 작품일 걸, 하며 끙끙"(「한 생은 또 그렇게 견디고」)거리는 것과 같다.

> 빛의 속도로 달려오고 있을 당신을
> 마냥 기다리고 있을 수만은 없어
> 나도 당신을 맞이하러
> 지구의 공전 속도로 달려가고 있습니다.
> 당신과 내가 어디서 만날지는 모릅니다.
> 워낙 빠른 속도로 달려오고 달려가는 중이라
> 우리가 서로를 발견할 수 있을까요.
> 설령 발견한다 해도 한 번도 만난 적이 없는
> 당신이 나를 알아볼 수 있을까요
> 비바람을 이기고 마침내 피워낸 꽃처럼.
> ─「마침내 피워낸 꽃처럼」 전문

그의 시집의 첫 만남은 「마침내 피워낸 꽃처럼」에서 파급되는데 그것은 생명을 피워낸 꽃으로 발생한다. 이 시는 한 편의 시를 꽃으로 비유하는 것으로 시와 화자가 조응하는 과정을 나타낸다. 언제 어떻게 출몰할 줄 모르는 시는 "빛의 속도로 달려오고 있을 당신"이며 화자는 "당신을 맞이하러" 가는 자일 뿐이다. 그러나 "당신과 내가 어디서 만날지" 예견할 수 없지만 "워낙 빠른 속도로 달려오고 달려가고 있는 중"으로 기대를 대기 중에 벗어놓는 것만이 길이다. 다만 화자는 "내가 산길을 오르는 시간과/ 새들이 서로 신호를 보내는 시간과/ 나뭇잎 내려앉는 시간이 모두/ 우주 안에서 한 겨를이"(「한 겨를」)라는 사실에 충실한 것, 그럴 때마다 시인은 "바로 그 언어라는 동물"을 「사냥」하듯이 외로움과 불안함을 견디고 있다.

   3.

   허형만은 이성으로 근접할 수 없는 자연을 통해 세계를 이해하려는 근원적인 경향이 시심의 한 축을 감당한다. 이 또한 생명의 무늬로 이루어져 있으며 말하지 않지만 말하고 있는 것들을 여백에 불러들인다. 그것을 그는 '기적'이라고 부른다. 그에게 「기적」은 침묵 속에서 "햇살이 머리를 쓰다듬고/ 바람이 얼굴을 어루만져줄 때/ 가슴이 뭉클해지는 것"에 있으며 "나뭇가지의 저 손 흔듦에 숙연해지는 것"에서 비롯된다. 따라서 기적은 멀리 있지 않으며 "늘 우리와 함께 있는" 것이며 가까이 있는 것을 일컫는다. 이처럼 자연은 "말없이 내 앞으로 내려앉"아 가르침을 주는 스승으로 우파니샤드Upaniṣad와 같이 사제 간에 곁에 있음을 말한다. 우파니샤드는 스승의 발아래에서 가까이 앉아 신비한 지식을 전수 받는 것으로 그의 시에서 기적은 가까이에서 가르침을 주는 자연으로부터 나온다.

그는 말한다. "나는 내가 얼마나 작은지를/ 숲에서 배운다.// 나보다 작은 키의 풀이 꽃을 피우고/ 나보다 몸집이 작은 나무에 새들이 쉬었다 간다.// 그러니 숲에서는/나보다 더 작은 것은 하나도 없다"(「숲에서 배운다」)는 것임을. 이처럼 멀리서 아닌 가까이에 있는 만물에 스며 있는 자연의 축복을 찾아간다.

> 햇살도 바람도 노랗게 물든
> 유채꽃밭 한 마지기가 제주에서 도착했다.
> 유채꽃밭을 시나브로 거니노라면
> 제주 앞바다 너울성 파도 소리도 노랗게 물들어 있고
> 그 위를 나는 갈매기 깃털도 노랗게 젖어 있다.
> 유채꽃밭에 놀러 온 구름
> 꽃과 꽃 사이 그늘도 노랗다.
> 유채꽃밭에서는 모두가 황홀하다.
> 　　　　　－「유채꽃밭에서는 모두가 황홀하다」 전문

블루사파이어처럼 빛나는 저 눈망울을 보라.

뜨거운 태양과
보드라운 달의 피로
한 생명이 탄생하는 것은 참으로 커다란 축복이다.

그렇다. 무르익은 누리장나무 열매처럼
우리도 저마다
매혹적인 영혼의 눈을 간직하고 있다.

　　　　　　　　　　　－「누리장나무 열매」 전문

　위의 시편들의 오브제는 저마다 매혹과 황홀을 간직하고 있는 자연의 추출물이다. 이러한 자연이 주는 축복은 스승에서 제자로 옮겨가는 신비한 능력을 가진 우파니샤드Upaniṣad처럼 대상에서 또 다른 대상으로 진입한다. 「유채꽃밭에서는 모두가 황홀하다」에서 노랗게 핀 '유채꽃 한 마지기'는 제주도의 유채꽃이 피어 올린 풍경이다. 그러나 시인은 유채꽃이라는 대상을 통해 "햇살도 바람도 노랗게 물든"이라고 하면서 "제주 앞바다 너울성 파도 소리도 노랗게 물들어 있고/ 그 위를 나는 갈매기 깃털도 노랗게 젖어 있다"는 것이다. 거기에 '구름'과 '꽃 그늘'도 노랗게 물들어 "모두가 황홀하다"는 것으로 확장한다. 이것은 유채꽃 한 부분을 전체 세계로 이식함으로써 생겨나는 자연의 신비함을 역설적으로 드러내고 있다.

한편 「누리장나무 열매」에서도 "블루사파이어처럼 빛나는 저 눈망울" 속에서 "뜨거운 태양과/ 보드라운 달의 피로/ 한 생명이 탄생하는 것은 참으로 커다란 축복"을 발견하게 만든다. 나아가 "무르익은 누리장나무 열매처럼/ 우리도 저마다/ 매혹적인 영혼의 눈을 간직하고 있다"는 신비한 사실을 일깨워준다. 이로써 "아무리 힘든 삶일지라도 희망을 품으라"(「오늘도 비 오시는 날」)고 자연의 전언을 대리하는 것이다.

4.

코로나 19로 인한 팬데믹 시대가 아니더라도 인간은 태어나면서부터 죽음에 이르는 질병을 가지고 있다. 이 병은 치유될 수 없는 절망으로서 육체로부터 이탈이며 환원 불가능한 정신세계의 분리다. 이러한 죽음을 지배할 수 없는 인간은 신이라는 초월자를 통해 그 지배를 이양하고 관장하게 만든다. 이것만이 인간이 죽음을 통해 영원히 살 수 있는 희망이기 때문이다. 이러한 의미에서 허형만에게 신은 실존적 의미로서 "지구상에서 인간만큼 어리석은 종족"(「박쥐」)을 구원하는 최상의 단계에서 존재한다.

유한한 인간의 삶은 본질의 바깥에서 존재하면서 실존의 절대적 욕망을 충족시키지 못하고 공허함과 절망을 동반할 수밖에 없다. 현실에서 벌어지는 팬데믹은 제동 없이 달려가는 욕망의 결과로서 이러한 사태가 일어난 것이며 그것은 "거꾸로 매달려 바라보는 세상을" 보는 '박쥐'에게 내린 신의 계시로 파악한다. 이른바 "지금 신은 나보다 인간에게 경고등을 켜신 거야"라고 말하는 '박쥐'의 음성에 주목할 필요가 있다. 따라서 인간은 자신의 근거를 신에게서 찾을 때 비로소 공허함과 절망으로부터 해방된다. 허형만에게 신은 절대자와 절대자 사이에서 단독자라는 개체로서 존재한다. "키르케고르는 믿는다는 것은 곧 신을 얻기 위하여 이성을 상실하는 일이다."[2] 허형만에게 신은 이성을 벗어나 자신의 유한성을 자각하게 하는 존재로서 오직 신과의 관계에서 자아를 실현하며 인간의 시간을 구원한다. 거기서 존재 이유를 신에게서 발견하는데, 자신에 대한 영혼의 가치를 발견하는 것과 같다.

> 지금 이 숲속에는 분명 비밀이 숨어 있다.
> 비밀스러운 냄새와 풍경은
> 내 영혼이 숲의 행렬에서 벗어나지 못하도록
> 속도와 체온의 파장을 감지하기라도 하는 것일까.
> 멀리서 망원경으로 나를 주시하며
> 나의 심장 박동 소리에 귀를 기울이고 있으리.
> 바람 불고 휘추리 몇 차례 흔들리더니

---

2) Kierkegaard, 최혁순 역, 『죽음에 이르는 병』, 집문당, 2017, 209쪽.

안개처럼 조용히 번지는 적막
　　아직 밝혀지지 않은 숲의 비밀이 적막 속에 있다.
-「비밀」 전문

　영원한 것은 시간적인 것보다 우월하며 무한한 것은 유한한 것을 선행한다. 인간은 시간에 종속되어 있지만 신은 시간을 초월하여 인간이 가 닿지 못하는 영원에 머물러 있다. 또한 유한한 인간의 삶은 무한한 신의 세계에서 잠시 있다가 사라지는 존재일 뿐이다. 인간이 건설했다고 믿는 이 세상은 근원적으로 신의 세계를 문명이라는 이름으로 파괴하여 작금의 현실에 이른 것이다. 이에 시인은 세계라는 "이 숲속에는 분명 비밀이 숨어 있다"는 것을 지각하고 있다. 그것은 신의 섭리로서 작동하면서 "내 영혼이 숲의 행렬에서 벗어나지 못하도록" 온전히 스스로의 삶을 자각해야 한다. 왜냐면 신은 "멀리서 망원경으로 나를 주시하며/ 나의 심장 박동 소리에 귀를 기울이고 있"기 때문이다.
　시인은 신이 만든 세계라는 「위대한 숲」에서 "봄 거쳐 여름이면 울울창창/ 연두와 초록과 갈맷빛을 바탕으로/ 이파리와 가지마다 한없는 생명을 낳게 하시니/ 이 또한 대단하시다"라는 감사의 표현은 인간의 욕망이 증발된 상태에서 나오는 생명에의 감탄사다. 신의 섭리로 인해 모든 생명이 "지상과 하늘을 하나로/ 번지고 스미고, 스미고 번지게 하시니" 참으로 위대한 신을 진정으로 찬양

한다. 거기에 인간은 "고통 없이 하늘로 치솟는 나무가 없듯/ 얼룩 없이 맑아지는 영혼도 없으리"(「얼룩에 대하여」)처럼 '한 생애의 기쁨과 슬픔'을 일컫는 얼룩을 아는 자만이 '절실한 기도'를 통해 신을 영접할 수 있다.

5.

참꼬막 껍질에 새겨진
파도의 무늬
그 사이사이 숨겨진
푸른 별 자국
개펄처럼 부드러운
물결 피부
서서히 스며든
투명한 시간

모든 역사는 시간의 무늬다.

– 「시간의 무늬」 전문

살펴본 허형만의 시는 인간과 자연 그리고 신에 대한 '언어의 문양'을 새겨넣는 것에 있다. 그것도 '생명에의 침묵'을 통해 사물을 새롭게 해독하면서 '시간의 무늬'를 우리에게 보여준다. "그 사이사이 숨겨진/ 푸른 별 자국" 같은 언어가 바로 그를 지탱해 온 정신이다. "모든 역사는 시간의 무늬"인 것처럼 그는 안다. "서서히 스며든/ 투명한 시간"을 그동안 살아왔다는 사실을. 그것은 싯다르타가 "자신의 길을 한 걸음 한 걸음 걸어갈 때마다 매번 새로운 것을 배웠으니, 세상이 달라져 보였고 그의 마음이 마법에 걸린 듯 세상에 매혹되어 있었기 때문이다."[3] 이같이 세계라는 '숲속 나무들의 신호'를 수신하여 온 허형만의 시편은 새로운 나날 속에서 기록되는 '운문 일기'와 같이 매일같이 새로운 세상을 펼쳐온 '마법의 언어'다.

그의 생명에의 침묵이 발휘되는 마법의 언어는 "지상에서 우리의 시간은 길지 않다./그러니 지금 써라./써야 할 때 쓰지 않으면 쓰고 싶을 때 쓸 수 없다"(「지금 써라」)라고 오늘도 일깨우고 있는 것. 이로써 이번 20번째 시집 『만났다』는 허형만 시인이 "광주서석초등학교 1학년 10반 허형만 어린이"(「백신 맞은 날」)에게 수여하는 '허형만 나무의 기억술'로 남을 것이다.

---

3) 헤르만 헤세, 박병덕 역, 『싯다르타』, 민음사, 2016, 71쪽.

황금알 시인선